AF475622

1870—1871.

L'ANNÉE SANGLANTE

PAR

PAUL JANE.

LONDON
TRÜBNER ET CO., 60. PATERNOSTER ROW.

LEIPZIG, BRUXELLES ET GAND,
C. MUQUARDT ET Cie.

1872.

FRIEDRICH KLINCKSIECK
…IRE DE L'INSTITUT IMPÉRIAL DE FRANCE.
11, RUE DE LILLE, PARIS.

L'ANNÉE SANGLANTE.

1870—1871.

L'ANNÉE SANGLANTE

PAR

PAUL JANE.

LONDON,
TRÜBNER ET CO., 60, PATERNOSTER ROW.

LEIPZIG, BRUXELLES ET GAND,
C. MUQUARDT ET Cie.

1872.

AVANT-PROPOS.

Quand au mois de Juillet de l'année 1870, la paix de l'Europe fut subitement troublée par l'agression de la France contre l'Allemagne, il y eut une réprobation générale.

Le jour même où cet acte coupable autant qu'insensé fut officiellement connu, le journal anglais *le Times*, le dénonçait en ces termes :

" Le plus grand crime national que nous ayons eu
„ la douleur d'enregistrer depuis la première Répu-
„ blique Française a été consommé! la guerre a été
„ déclarée, une guerre injuste, mais préméditée. „

Il était dit que l'Allemagne sortirait victorieuse de la lutte. Mais la France en ne sachant pas se résigner au sort qu'elle avait mérité, aggrava ses malheurs. Après Sedan et la chute de l'Empire, une réaction sentimentale en faveur de la nation vaincue, égara un instant chez un grand nombre d'hommes les jugements de la raison. Et, parce que la paix ne se faisait pas, alors que c'était le peuple provocateur, qui, dans l'excès de sa vanité, s'obstinait à ne pas la subir aux conditions que les lois de la guerre et les conjonctures impliquaient, on cria : aux barbares et à l'abus de la victoire ! Pourtant la philosophie française avait depuis longtemps, au nom de la civilisation, absous par avance et glorifié le vainqueur.

« J'ai absous la victoire comme nécessaire, utile „ et juste, dans le sens le plus étroit du mot ; il „ faut aller plus loin, „ — disait M. Victor Cousin dans ses cours publics de 1828, (1) — « il faut prou- „ ver que le vaincu doit être vaincu et a mérité de „ l'être ; il faut prouver que le vainqueur non seu- „ lement sert la civilisation, mais qu'il est meilleur, „ plus moral et que c'est pour cela qu'il est vain- „ queur. „

Cette théorie du vainqueur et de la moralité du

(1) Leçons sur la philosophie de l'histoire.

succès avait été faite surtout pour flatter les instincts de la France. Mais, par l'ironie d'une justice supérieure à tous les calculs, les évènements devaient un jour vérifier la portée de la doctrine à la confusion de la France même. En effet, depuis plus de quarante ans, elle descendait vers l'abîme où l'ont enfin précipitée les crimes du second Empire, et ses propres fautes.

“ La France, au sein de l'ordre social actuel, „ — disait dès 1843, M. Louis Blanc, — “ vit d'une vie „ factice, sans rapport avec son génie. Mais grâce „ au ciel là est le salut. Ses mœurs sont moins mau- „ vaises que ses institutions, et ce n'est pas encore „ dans ses entrailles qu'elle porte sa blessure (1).

„ Suivant les temps, suivant les lieux, des besoins „ divers demandent des soins différents „, — écrivait d'autre part, presque à la même époque M. C. de Rémusat (2), aujourd'hui ministre des Affaires Étrangères —; “ la France et l'Allemagne ne sont pas „ au même point de leur développement, au même „ moment de leur histoire. Là, où il a produit une

(1) *A ceux qui désespèrent.* Almanach populaire de 1843.

(2) De la philosophie allemande, *Rapport à l'académie des sciences morales et politiques.* Paris, 1845.

„ révolution. l'esprit humain rassasié et las, veut être
„ ranimé : il faut qu'il se gouverne là où il aspire à
„ pénétrer dans la réalité, et que son activité se règle
„ quand il a un but à atteindre. Ici, que la raison
„ s'élève, là qu'elle agisse ; aux uns des pensées nou-
„ velles, aux autres de nouvelles institutions. Que la
„ France libre soit le pays de la science, que l'Alle-
„ magne savante devienne le pays de la liberté. „

On sait si l'Allemagne a marché d'un pas réglé et progressif dans les voies providentielles, conduisant au but qui lui était assigné. Mais cette France libre dont parlait M. C. de Rémusat, qu'a-t-elle fait de sa liberté? Est-elle devenue au moins le pays de la science? Ses mœurs meilleures encore, selon M. Louis Blanc, que ses libres institutions d'autrefois, ont-elles gardé leur vertu régénératrice?

Les aveux des consciences éplorées répondent trop douloureusement !

“ La France se meurt d'indiscipline! „ s'écriait après tous les désastres, un des membres du gouvernement de la défense nationale (1). „

(1) M. Clément Laurier ; paroles prononcées devant le tribunal militaire de Marseille.

" Le mensonge nous enveloppe et nous pénètre de toutes parts „, s'écriait à son tour, un agent de l'Empire déchu (1).

Hier, c'était un autre ministre du gouvernement actuel (2) qui faisait, en quelque sorte, la confession publique de la France, et terminait par ces mots le lamentable tableau de sa déchéance morale : " est-ce „ bien le spectacle que nous avons vu ? Est-ce bien „ la société que nous avons été ? Et, s'il en est ainsi, „ ne devons-nous pas confesser, malgré les héros et „ les martyrs de la dernière heure, que nous étions „ vaincus avant Sedan? Oui, nous portions en nous „ la cause de la défaite ! Oui, nous avons été pres- „ qu'aussi coupables que malheureux ! Oui nous avons „ à guérir l'âme même de la France ! „

C'est donc aujourd'hui dans ses entrailles qu'elle porte la blessure d'il y a quarante ans !

On peut plaindre la France, mais elle ne doit pas accuser sa destinée, car elle a été l'artisan de sa propre infortune. Et, quand on songe à l'esprit qui fut le mobile de la guerre et au vaste travail de

(1) M. le baron Stoffel. *Rapports militaires.*

(2) M. Jules Simon ; Discours prononcé à la séance publique des cinq académies formant l'Institut de France.

décomposition sociale que la défaite mit à nu, il est permis aussi ce semble, de dire avec le philosophe Français qu'à Wissembourg, à Wœrth, à Sedan et devant Paris, c'est la civilisation qui a triomphé.

D'autres tresseront les couronnes de la Muse sur le front des triomphateurs qui se sont personnellement illustrés dans ces victoires gigantesques des armes Allemandes. Certes ils ne seront pas en peine de l'éloge, car de ce côté, ce n'a été ni le sens politique, ni la prudence, ni le talent, ni même le génie qui ont fait défaut.

Pour nous, c'est le peuple Allemand que nous avons surtout voulu glorifier, lui, ce héros anonyme, dont le sang a si abondamment coulé sur les champs de bataille, pour la défense et pour la grandeur de la patrie. La gloire des Princes, des hommes d'État, des généraux, dont les noms seront inséparables de l'histoire des derniers évènements de guerre, n'en reste pas moins entière, pour être confondue, un instant, sans distinction de personne, avec la gloire de la nation qui ouvre pour le monde moderne une nouvelle grande phase historique.

Miltiade et Thémistocle ont-ils déchu aux yeux de

la postérité, parce qu'aux beaux jours de la Grèce, sa démocratie n'admettait qu'une gloire collective, et que les poètes, les orateurs, les historiens disaient : LE PEUPLE D'ATHÈNES A VAINCU A MARATHON, LE PEUPLE D'ATHÈNES A REMPORTÉ LA VICTOIRE A SALAMINES.

PAUL JANE.

Londres, Décembre 1871.

L'ANNÉE SANGLANTE.

I.

Tout était radieux. Comme un torrent de flammes
Le soleil dans l'azur précipitait son cours,
Et la terre et les cieux, brûlant comme deux âmes,
Échangeaient le baiser de leurs saintes amours.

La nature, plus belle en ces ardeurs célestes,
Étalait sa splendeur dans sa variété;
Et le sol nourricier, de ses vieux flancs agrestes,
Répandait le trésor de sa fécondité.

L'année après avoir prodigué ses promesses
Dans l'herbage et les fleurs de la jeune saison,
Conviait maintenant à jouir des richesses
Que l'Été pour l'Hiver accumule à foison.

L'homme était tout espoir; la femme toute grâce;
L'avenir souriait aux regards de l'enfant,
Car l'esprit chaque jour élargissait l'espace
Où le monde, en progrès, s'avançait triomphant.

Des peuples aux mots d'ordre : « Amour, Paix, Harmonie ! »,
Dans les nœuds plus étroits d'un lien fraternel,
Plus près du but où Dieu provoque leur génie,
Se formait confiant le chœur universel.

Et mille voix partaient de ce concert immense,
Lançant aux vents du ciel le cri de l'avenir !
Et les sages disaient : « Gloire au temps qui commence !
» Humanité, Salut ! ton règne va venir !

« En vain par des sentiers semés de mille embûches,
Accablés, asservis, les peuples ont erré :
Plus actifs au travail que l'abeille des ruches,
Le travail fut pour eux mieux qu'un dard acéré !

« Tandis que les tyrans, au tranchant de leur glaive,
Façonnaient à leur gré le monde subjugué,
Artisans et penseurs par un labeur sans trêve
Illuminaient le droit dans l'ombre relégué !

« Il rayonne aujourd'hui comme l'astre sublime
Qui verse à tous les fronts une égale clarté,
Ou le phare sauveur qui brille sur l'abîme,
Et guide dans la nuit vers le port souhaité.

« Si l'ultime raison dont s'arme la puissance,
Est encore le plomb, et le fer, et l'acier,
Le prestige du verbe et de l'intelligence
A la puissance oppose un divin bouclier !

„ Quand l'homme à sa parole assujétit la foudre
Qui la porte docile à tous les continents ;
Qu'il dompte la vapeur, plus forte que la foudre,
Et qu'il commande en maître à tous les éléments.

„ Le feu, la terre, et l'eau, les vents, le temps, l'espace
N'étant que des moyens faits pour sa volonté,
Rien ne peut faire obstacle à ce vainqueur qui passe
Et que l'esprit de Dieu mène à la liberté !

„ Par elle tous les biens de l'antique sagesse
Couronneront un jour ceux du savoir acquis,
Et l'homme après les temps d'épreuve et de tristesse,
Rentrera glorieux dans l'Eden reconquis ! „

II.

Ainsi les échos de la terre
Révélaient le secret des cieux.
Et de l'avenir le mystère
Perçait aux regards curieux.
Aux deux hémisphères du monde
La paix sous son aîle féconde
Abritait les peuples heureux.
Quand plus sinistre qu'un tonnerre.
L'horreur d'un vaste cri de guerre
Frappa l'univers anxieux.

Les cœurs des mères en gémirent,
L'avenir en parut en deuil;
Tous les espoirs s'évanouirent
Derrière un immense linceul.
Goûtant l'ivresse des batailles
Dans l'attente des funérailles
Dont elle va sonner le glas,
La Mort, spectre des noirs abîmes,
S'apprête à coucher ses victimes
Dans l'éternité du trépas.

*

Debout! debout! gens d'Allemagne,
Prenez vos faucilles d'airain!
Le bel été dans la campagne
Devrait encor mûrir le grain :
Fauchez pourtant les blés superbes:
Hâtivement rentrez les gerbes;
L'orage éclate au ciel serein!
Après avoir courbé la France,
César veut laver cette offense
Dans les libres ondes du Rhin!

Absolvant César de son crime
La France conspire avec lui:
Hier elle était sa victime;
Elle est sa complice aujourd'hui.
O France de Louis-quatorze,
Par l'héritier du soldat corse
Conduite au joug comme un coursier,
N'espère plus que la victoire
Transforme au sein de la gloire
En sceptre d'or ton frein d'acier!

*

Si comme au feu d'une fournaise
S'allument tes instincts guerriers
Aux accents de la Marseillaise
Retentissant dans tes quartiers,
Il est d'autres chants héroïques
Qui dans les grands bois germaniques
Réveillant les anciens échos,
Aux jours des suprêmes épreuves
Feront surgir au bord des fleuves
Et des martyrs et des héros!

Des pics neigeux où naît ta source.
Que ton flot dans sa pureté
Jusqu'à la mer suive sa course
Libre toujours et respecté,
O Rhin ! toi, qui dans tes eaux vives,
Gardes aux enfants de tes rives
L'antique trésor des aïeux,
Pour le leur rendre au temps propice,
Quand refleurira la justice
Avec la vaillance des preux !

*

Il va rouvrir à la lumière
Ses yeux clos depuis huit cents ans.
L'empereur qui dort sous la pierre
Où l'attendent les Allemands.
Chassés par l'aigle d'Allemagne.
Les corbeaux fuiront la montagne,
Et ce sera le grand réveil !
Le réveil de la Germanie,
En armes, invincible, unie
Reprenant sa place au soleil !

Abris sacrés ! forêts ! ô chênes
Dont l'ombre épaisse enveloppait
Les fières légions romaines
Qu'Auguste aux Dieux redemandait,
Tel que le vent chasse l'orage,
Les fils d'Hermann sous votre ombrage
De tous côtés reparaîtront,
Pour enlacer, forêt mouvante,
Comme Varus pris d'épouvante,
César qu'ils anéantiront !

III.

Tout était radieux. Comme un torrent de flammes
Le soleil de splendeur inondait la cité.
L'ivresse de l'orgueil enflait toutes les âmes:
Paris était beau de fierté.

Les régiments passaient devant les Tuileries,
Et les tambours battaient aux champs:
Le canon répondait au bruit des sonneries,
Et Paris saluait par ses cris et ses chants.

La France allait enfin, du bout de son épée,
Rouvrir à ses enfants les chemins d'autrefois;
Du vainqueur d'Iéna reprendre l'épopée,
Aux nations dicter des lois!

Toi! qui sous les drapeaux portés aux Invalides
Reposes maintenant aux bords du fleuve aimé,
Mais qui dus expier tes conquêtes rapides,
Dans l'exil, triste et désarmé!...

Ton ombre aussi tressaille au fond du sanctuaire,
Où t'invoque une femme avec son frêle enfant
Et comme un Dieu vengeur t'implore pour le père,
Disant : « Fais qu'il soit triomphant! »

Car le crime a souillé sa pourpre usurpatrice!
Si la gloire effaçait cet opprobre infamant,
Quel serait son destin!... Seule dominatrice,
La France lui devrait un suprême ascendant!

Mais déçu dans ta nuit de la gloire, vain songe,
Tu sais qu'il faut finir ainsi qu'on a vécu :
Tu fus parjure aussi; tout chez toi fut mensonge.
Et c'est par là qu'on t'a vaincu !

Et semblable à la mer terrible et mugissante,
Le peuple sur les quais déborde à flots mouvants;
C'est la houle obstinée et toujours menaçante
Sous la persistance des vents !

Le vent dont l'âpreté provoque la tempête
Et soulève en tous sens Paris surexcité,
C'est l'esprit des tyrans opposant la conquête
A l'œuvre de la liberté !

Ah ! la France jamais n'en eut que le vertige !
Esclave du pouvoir passant complaisamment
De la licence au joug, il faut pour son prestige
Que chaque peuple plie à son commandement.

Et voilà l'ascendant que selon leur caprice
Ses maîtres vont chercher, fut-ce même au Kremlin.
Au Kremlin?... redoutez l'heure de la justice
Vous tous qui partez pour Berlin !....

Car c'est là que s'en vont ces troupes accourues
Des quatre coins du sol dans Paris enivré.
Et ces canons roulant sur le pavé des rues.
Suivis du bataillon sacré !

Pauvre France affolée, ô que Dieu te protège !
Lorsque des conquérants l'arrêt est prononcé,
Tu sais qu'un rien suffit, ou la pluie ou la neige.
Pour que l'on se demande où leur gloire a passé !...

IV.

Tel que des monts Krapacks sillonnés par la foudre
Crevassant dans le vif le roc comme la poudre,
L'ouragan déchaîné lance ses tourbillons
Luttant entre-choqués dans le creux des vallons;
Ou bien, semblable encore à l'ardente rafale,
Entraînant malgré tout sur sa pente fatale,
Aux cris de l'aigle errant sous un ciel de frimas
Et de la mort qui passe au milieu du fracas,
L'avalanche qui gronde et grossit dans sa course
Comme un fleuve qu'un fleuve entraîne de sa source,
Poméraniens, Saxons, Bavarois, Silésiens,
Wurtembourgeois, Badois, Hessois, Hanovriens,
Frères et réunis par les mêmes alarmes,
Le cœur gros de colère et brandissant leurs armes,
Tous, tous sont accourus en poussant des hourras :
C'est ainsi que la Prusse a lancé ses soldats !...

L'irrésistible élan de ces puissantes masses
Ceintes d'un triple airain, casques, canons, cuirasses,
Sabres, lances, fusils, les emporte et leur vol
Ne connaît point d'obstacle et fait trembler le sol.
Les fils des vieux Teutons ont repris leur audace;
D'un pied vertigineux ils dévorent l'espace;
Et côteaux, bois, marais, sommets, gorges des monts,
Escarpements, ravins, torrents, fleuves profonds.
Tout est franchi!... Quel choc épouvantable annonce
La première rencontre où le Destin prononce
La première défaite et le premier succès!
Wissembourg pris d'assaut voit plier les Français!
Mais le combat s'étend et la lutte s'acharne;
Et déjà la Moselle et la Meuse et la Marne,
Sur leurs bords où campaient tant de corps aguerris,
N'offrent plus de défense à leurs tristes débris.
Reichshoffen, Forbach, Woerth, lieux sanglants, lieux funèbres,
A d'éclatants revers donnent des noms célèbres!
Woerth! où sous les obus lancés de ce plateau
La Fortune décide un autre Waterloo!
Ici, c'est la retraite immense, désastreuse,
Qui commence à travers la France malheureuse.

Étant partis tout fiers pour conquérir le Rhin.
On recule vaincu sur son propre terrain.
Et le vainqueur est là !... Les Vosges, ni l'Argonne
N'ont plus de défilés où son canon ne tonne :
Il s'avance toujours, il vient de tous côtés
Marchant à pas de charge à travers les cités.
De ville en ville un cri se propageant augmente
L'angoisse du danger, le trouble et l'épouvante :
Enfants, femmes, vieillards, effarés et tremblants
Se sauvent à ces mots : les Uhlans ! les Uhlans !
Ainsi que les éclairs vont sillonnant les nues,
Par les bois, les hameaux et les campagnes nues,
Centaures indomptés, ils passent, ô terreurs !
De l'ouragan qui vient, fatals avant-coureurs.
Mais ce n'est déjà plus l'ouragan ; la tourmente
Furieuse grandit : sans frein, folle, hurlante,
Elle broie, et disperse en ses emportements
Les hommes, les engins dans les retranchements.
L'obstacle accroît sa force irritée, et la trombe
Tord, creuse, brise, rompt, déchire... tout succombe
Aux assauts redoublés du courant destructeur
Qui ne laisse après lui que débris et stupeur !

Il se divise ici: là s'amasse en colonne;
Il monte, il redescend, ondoie ou tourbillonne;
D'une aile il touche à Metz, et de l'autre à Châlons;
Il menace Paris de tous les horizons.
Le péril qu'il suscite à tous les yeux se montre.
Enfin des camps français on marche à sa rencontre
Pour couper en tronçons le monstre redouté
Et l'écraser ainsi chacun de son côté :
Lutte désespérée, aux efforts héroïques
Comme n'en ont point vu les siècles homériques.
On combat depuis l'aube à la chute du jour,
A Pange, à Gravelotte, et Jaumont, Mars-la-tour,
Rézonville ont revu trois fois briller l'aurore
Sur les champs de bataille où le feu dure encore.
Fantassins, cavaliers et chevaux éventrés,
Dans la boue et le sang gisent enchevêtrés.
Hussards, Spahis, dragons sont tombés par brigades:
Et tous ces corps meurtris, horribles barricades.
Font un rempart de chair aux autres combattants
Qui fauchés à leur tour y tombent palpitants.
Les chemins sont jonchés et les fossés s'emplissent
De cadavres humains qui sous les cieux pourrissent.

Et la lutte toujours dans un nuage ardent
Précipite ses bonds avec un bruit strident.
Sur le rouge brasier c'est l'onde qui bouillonne,
Près de faire éclater l'airain qui l'emprisonne
Et lançant au milieu de longs jets de vapeur
Un sifflement aigu comme un cri de douleur.
Enfin le soir revient, et sous son ombre immense
La clameur du combat s'éteint dans le silence.
Tout est morne, et parfois si l'on entend un bruit
C'est le monstre vainqueur qui s'en va par la nuit.
Mais quand le jour renaît, le tocsin, mille alarmes
Font partout de nouveau vibrer l'appel aux armes !
Il faut sauver la France ! il faut couvrir Paris !
Et les grands corps d'armée ou bloqués ou surpris,
Contre des murs d'airain se heurtent et se brisent !
L'héroïsme grandit, mais les forces s'épuisent
Cependant que du Nord, comme un flot grossissant,
A toute heure un renfort sur la France descend.
Et ces hommes sans nombre armés de toutes pièces,
De leur masses de fer bloquent les forteresses,
S'embusquent dans les bois, sont postés aux chemins.....
Ton épée, ô Brennus, est aux mains des Germains !

Cette arme dont le poids jeté dans la balance,
Faisait pencher le sort du côté de la France,
N'est plus pour elle, hélas! qu'un glaive de douleur
Dont elle sent le froid lui transpercer le cœur!

. . . .

Allons, debout César! voici la fin du rêve!
Marche dans le chemin que t'indique ce glaive!
Vainqueur de Sarrebruck, fuyant à Saint-Privat,
C'est l'heure de mourir Empereur ou soldat!
La France te suivit, espérant que la gloire
De son manteau d'éclat couvrirait la mémoire
Des hontes de Décembre; et, coupable à son tour,
Elle expie et ton crime et sa faute en un jour.
La patrie et César pensaient monter aux astres
Quand sous eux s'est ouvert l'abîme des désastres!
C'en est fait! L'avenir sur un arc triomphal
Ne te salûras point, héros impérial
De la victoire aux cieux dirigeant le quadrige,
Et dominant le monde encor par ton prestige!
L'épopée est finie et son couronnement
C'est la France écrasée en cet écroulement!

Mais étant pour moitié dans tout ce qu'elle souffre,
Fais comme Curtius se dévouant au gouffre !
Écoute ces rumeurs qui montent vers Sedan ;
Regarde à l'horizon approcher ce volcan :
Mouzon, Douzy, Cernay fument dans le cratère
Où Bazeille s'effondre en cendres et poussière.
C'est le dernier combat, le dernier coup du sort
Qui ligue contre toi l'incendie et la mort.
Plus fort que le destin, dans ta sombre détresse,
Embrasse sans pâlir la flamme vengeresse.
Et semblable au Titan précipité des airs,
Disparais, héroïque, au milieu des éclairs !
Ces mortelles lueurs, utiles à ta cause,
Te feront dans l'histoire une autre apothéose ;
Et grâce à cet instant de tragique grandeur,
Ton nom reparaîtra sacré par le malheur !
Beaumont, Nouart, Balan, Lamoncelle, Givonne
Ont vu ton lieutenant payer de sa personne ;
Le sang de tes soldats, à longs flots répandu,
Crie au monde qu'ils ont vaillamment combattu.
Mais les Dieux se sont mis du côté le plus juste !
Souviens-toi d'Actium où combattait Auguste,

Toi, qui toujours de droite et de gauche courant
Ainsi que la navette aux mains du tisserand,
Erre loin du drapeau troué par la mitraille,
Alors qu'autour de lui gravite la bataille!
Vois: Prussiens, Bavarois et Saxons ont gravi
Les hauteurs d'où les tiens fusillaient l'ennemi;
Et sous les feux croisés qui partent des collines,
Sedan sur ses enfants va tomber en ruines.
Mitrailleuses, canons, obusiers font pleuvoir
Leur grêle plus sinistre aux approches du soir.
Aussi loin que les cieux aux regards se prolongent,
Tout autour de la ville où convergent et plongent
Tous ces feux qu'on dirait projetés de l'enfer,
On n'aperçoit qu'un cercle et de flamme et de fer!
Et dans cette fournaise, énorme, épouvantable,
Se poursuit le combat, sans merci, formidable!
Implacable toujours, jamais dans ses fureurs
La guerre n'étala plus poignantes horreurs!
Du sang, partout du sang! la Meuse en est rougie
Comme une blanche nappe à la fin d'une orgie.
Des cadavres nombreux d'hommes et de chevaux
Flottent abandonnés au courant de ses eaux.

Ailleurs la scène change et l'horreur recommence;
La douleur et la mort, la rage et la démence
Se partagent les champs de sang humain trempés,
Où le plus brave pleure, et meurt les poings crispés.
Comme sous le fléau la paille jonche l'aire,
Hâchée, ainsi les corps gisent meurtris à terre.
L'humanité gémit de tout ce qu'elle voit!
La terre de dégoût rend le sang qu'elle boit!
Fallait-il cet engrais pour qu'après les semailles
La nouvelle moisson germât dans ses entrailles?
Et ne suffit-il pas que dans ses durs labeurs
L'homme de l'aube au soir l'arrose de sueurs?
Assez, assez, ô Dieu! que ton courroux céleste
Si tout n'est pas fini, d'un coup fasse le reste,
Et que ta foudre aux cieux, d'un tout puissant éclat
Dans une nuit soudaine étouffe le combat!...

. . . .

. . . .

Laudamus Te Deum!...... l'agresseur plie et cède!
Hourra pour l'Allemagne! et toi France, Dieu t'aide!
Dans les murs de Sedan désormais acculés,
Tes fils en sortiront captifs ou mutilés.

Leur sang en attendant coule à flots dans les rues
Où pleuvent les obus comme l'onde des nues.
On se presse en tous sens; tous les rangs sont rompus
Et des différents corps les hommes confondus.
Le désordre est au comble; on s'écrase, on se porte,
Pour trouver une issue, à l'une et l'autre porte.
Au dehors des chevaux affolés par milliers,
Sanglants, naseaux au vent courent sans cavaliers.
Dans ce tumulte affreux, hors le canon qui tonne,
On n'entend ni les chefs, ni le clairon qui sonne.
Enfin un drapeau blanc hissé sur les remparts
Au sein de la fumée a frappé les regards.
Le vainqueur à ce signe, exalté de sa gloire,
Entonne dans son camp l'hymne de la victoire,
Et sur le flot montant de la vaste clameur
Roule et vibre ce cri : nous tenons l'Empereur !....
César comme Varus a perdu son armée.
Mais le soldat Romain tomba sous la framée,
Tandis que, fastueux et couché dans son char,
Vivant mais prisonnier, l'on promène César !

V.

Que du fond des vallées
Et des hauteurs peuplées,
Du Sud au Nord,
S'élève la prière
De l'Allemagne entière
Vers le Dieu fort.

Que sa voix sanctifie,
Proclame et glorifie
Le Dieu du ciel!
Mères, séchez vos larmes:
Il a béni nos armes,
Lui, l'Éternel!

Vêtu dans sa droiture
De l'invincible armure
De vérité,
Il a dans la campagne
Renversé la montagne
D'iniquité.

L'ennemi tenait tête,
Superbe, sur ce faîte
Tout crénelé;
Mais le fort imprenable
Sur sa grandeur coupable
S'est écroulé !

O patrie Allemande!
Libre et fière, üne et grande!
Dieu te marqua,
Dans ce jour de victoire,
Du signe de sa gloire :
Alléluia!

*

Son règne est immuable,
Son verbe indiscutable;
Mondes et cieux,
De l'un à l'autre pôle,
Roulent à sa parole
Et sous ses yeux.

Si sa justice est lente,
Sa marche est triomphante,
Son but certain :
Tel à sa verge échappe
Qu'elle terrasse et frappe
Le lendemain!

Comme la feuille morte
Qu'un vent d'automne emporte
Du fond des bois,
Le vent de sa colère
Disperse sur la terre
Peuples et Rois!

Il embrase les villes ;
Il rend les champs stériles ;
    Dans leurs sillons,
Au lieu de blondes gerbes,
Poussent de folles herbes
    Et des chardons !

A sa Majesté sainte
L'Allemagne sans crainte
    Se confia;
Humble dans la victoire
Elle Lui rend sa gloire :
    Alléluia !

*

Les races perverties,
Grand Dieu ! que tu châties
    De leurs forfaits,
Par d'effrayants vestiges
Témoignent des prodiges
    De tes arrêts !

De Balbek, de Palmyre,
Et de ce vaste empire
Du Tibre au Nil,
Et du Gange à l'Euphrate
Allant chez le Sarmate
Que reste-t-il ?.....

Ce qu'après son naufrage,
Il reste sur la plage
D'un frêle esquif,
Qui dans la nuit obscure
Voguait à l'aventure
Contre un récif !...

Ainsi la nef immense
Qu'appareilla la France
Pour les combats,
Vit sa coque et sa hune,
César et sa fortune,
Tout couler bas !

Et toi, peuple des Gaules,
Suspends ton glaive aux Saules
    Comme Juda !
Et, le front dans la poudre,
Laisse passer la foudre
    De Jéhova !

Quand l'œuvre du mensonge,
Plus vaine qu'un vain songe
    A disparu,
Adore la justice
Qui te sachant complice,
    T'a confondu !

O patrie Allemande !
Libre et fière, une et grande !
    Dieu te marqua
Dans ce jour de victoire
Du signe de sa gloire :
    Alléluia !

VI.

Jamais dans Israël à la voix des prophètes,
La Victoire à genoux devant le Dieu vengeur
Ne préluda, pieuse, à la pompe des fêtes
Par un chant plus auguste en sa mâle ferveur.

Et ce chant solennel mêlé de cris farouches,
Ce cantique guerrier maudit par les vaincus,
S'élançait à la fois de deux cent mille bouches,
Semblable au bruit des flots par l'orage battus.

Immense il emplissait les cieux et la nature,
Surpassant en grandeur, dans ces événements,
La rumeur colossale et l'éternel murmure
Des vagues de la mer et des plaintes des vents.

Car l'empire croulait de la base et du faîte,
Et son peuple puni dans l'orgueil de son rang,
Complice de l'attaque, outré de la défaite,
Agonisait meurtri dans la boue et le sang.

Et comme les corbeaux qui planent sur les seigles
Où gît une dépouille au rebord des sillons,
Au dessus des mourants, mornes, passaient les aigles
Qui guidaient menaçants hier les bataillons.

Et Kabyles, Turcos, Spahis, Dragons, Zouaves,
Fantassins, Cavaliers, Canonniers, gens du train,
Officiers et Soldats, comme un troupeau d'esclaves,
Tous étaient prisonniers, et partaient pour le Rhin !

Et les clairons sonnaient leurs fanfares stridentes;
 Et les tambours battaient aux champs!
Le roi vainqueur passait devant le front des tentes,
Et le camp saluait par ses cris et ses chants!

Les hourras prolongés, le cliquetis des armes
Que les mains brandissaient aux derniers feux du jour;
Et tous les cœurs émus, et tous les yeux en larmes,
Unissaient tout un peuple en un élan d'amour!

La France allait enfin déposer son épée:
Et guérie à jamais des rêves d'autrefois,
Du héros d'Iéna laisser là l'épopée,
 Aux nations ne plus dicter des lois!

C'en était fait dès lors du destin des batailles!
Les vainqueurs ne songeaient déjà plus qu'au foyer!..
Si derrière eux fumait le sang des funérailles,
S'étaient-ils donc battus pour ceindre un vain laurier?

Le sol de la patrie, tremblant d'une secousse
Formidable et terrible, enfanta ces soldats
Acclamant à présent l'œuvre de Barberousse
Que le sort dégageait de l'horreur des combats !

Car il avait rouvert ses yeux à la lumière,
L'Empereur qui rêvait dans la suite des ans
Que du sépulcre un jour il briserait la pierre,
Et qu'il rendrait alors l'Empire aux Allemands !

Mais c'était l'Allemagne, une, puissante et fière;
Libre, ainsi qu'elle doit exister au soleil,
Qui criait au lion couché dans sa tanière :
« Sire ! debout ! debout ! c'est l'heure du réveil !

» La Germanie entière est ici qui t'appelle;
» Son peuple s'est refait dans sa vaste unité !
» Regarde : il a vidé sa dernière querelle,
» Et sa cause triomphe avec l'humanité !

„ Le droit des nations à vivre de leur vie,
„ Dans cette immense lutte au fond servait d'enjeu;
„ La bataille est gagnée! à nous cette partie
„ Où les hommes un jour verront le doigt de Dieu! „

VII.

A ces bruits inouis se soulève la terre;
Les morts dans les tombeaux écartent leur suaire;
Le silence tressaille à l'accent de leur voix!

« La bataille est gagnée! » au fond des cryptes sombres,
Répète cette voix sépulcrale des ombres,
Fantômes des héros et des preux d'autrefois.

Et Ducs, Électeurs, Rois, Empereurs d'Allemagne,
Au triomphant appel grondant sur la montagne,
Se sont dans leurs linceuls dressés tous à la fois!

« La bataille est gagnée! » ô cri de délivrance!
Des morts et des vivants s'accomplit l'espérance :
Tout ce qui fut promis va passer dans les faits!

Ainsi qu'une rosée, abondante et propice,
Sur la terre est tombé le sang du sacrifice:
Que l'Empire germain s'y relève à jamais!

La fortune et la paix, conduites par la gloire,
Sur le char du progrès placeront la victoire,
Et le monde à son but marchera désormais!

L'esprit et la raison, le travail, la science,
La liberté, le droit, l'austère conscience
Seront les grands flambeaux sur sa route allumés!

Dans l'éblouissement de ces clartés bénies,
L'avenir comblera les nations unies
De tous les biens que l'homme en prodigue a semés.

La France s'était faite en son omnipotence
A l'image de Rome en pleine décadence ;
Les peuples à sa suite allaient les yeux fermés

Quand le vice trônait sous un règne équivoque :
Les barbares ont clos cette funeste époque,
Et par eux de nouveau l'Occident est sauvé !

. . . .
. . . .

A l'ennemi tombé maintenant point d'offense.
Quand le bras a vaincu, place à l'esprit qui pense
Et veut voir par le bien le triomphe achevé !

Mais l'orgueil qui se perd se complaît en sa faute,
Et la France vaincue en a la voix plus haute.
Non !! fait par mille échos son peuple soulevé !.....

VIII.

Si l'Empire est vaincu, la France est invincible.
Malheur à l'insensé qui lui ferait affront !
Le monde conjuré peut la prendre pour cible
Sans lui faire baisser le front !

Quoi ! lorsque l'ennemi foule sa terre sainte,
Elle ouvrirait l'oreille aux pacificateurs,
Et se déshonorant, elle offrirait par crainte.
La main à ses violateurs !

Quand sur la nation, dans sa foi raffermie,
Se lève radieux l'astre de Fructidor,
La France signerait un pacte d'infamie,
Et de plus donnerait son or!

La République enfin de ses mains vénérées,
Sur les débris du trône immolant ses enfants,
Pourrait vivre à ce prix: deux provinces livrées
Aux envahisseurs triomphants!

Non, non, tu n'auras pas, libre et républicaine,
O patrie, à gémir de ces déchirements!
Pour te garder tes fils d'Alsace et de Lorraine,
Paris s'armera jusqu'aux dents!

Et ce que n'ont pu faire Empereur, chefs d'armées,
Ni tous nos maréchaux, ni tous leurs lieutenants,
Du peuple souverain les masses enflammées
L'accompliront par leurs élans!

O soldats de Valmy ! de Fleurus ! de Jemmapes !
Héros libérateurs des grands jours de danger !
C'est à nous maintenant à brûler les étapes
Pour vaincre et chasser l'étranger !

Et quand Français, Germains, pourront régler leur compte,
Du passé tel qu'il fut il sera fait trois parts :
Le sang à l'Allemagne, à l'Empire la honte,
A nous, maîtres de nos remparts,

L'honneur d'avoir vengé ce vieux renom de France
D'indomptable bravoure et de noble fierté,
Et sauvé, malgré tout, avec sa prépotence
Son imprescriptible unité !

Jusque là, guerre à mort ! point de trêve, de cesse ;
Paris ne cèdera pas un pli de terrain,
Pas un créneau de forteresse,
Et ne fera la paix qu'au delà du vieux Rhin !

IX.

Des mots! toujours des mots et des jeux de théâtre!
Toujours une fausse grandeur;
Toujours un front d'airain à la statue en plâtre
Qu'on décore d'un nom menteur!
On déclare une guerre injuste et sans excuse,
Sous un prétexte mensonger;
Sur la pente du crime une voix vous accuse,
Mais l'on passe le cœur léger!
On se croit invincible, et le désastre arrive
Comme les flots amoncelés!
L'ennemi vous surprend avant que sur sa rive
Il ait vu vos fils rassemblés!

Et lorsque l'océan déborde sur la vôtre
Par la brêche due à vos soins,
Au nom du droit des gens dont on se fait l'apôtre,
On prend terre et cieux pour témoins!
Alors l'humanité parle par votre bouche,
Et sous la fleur des beaux discours
L'agresseur disparait, et l'on voit sur sa couche
La France livrée aux vautours!
Assez! L'histoire est là portant sur ses tablettes
Le mot dont ton cœur était plein!
France! toi qui maudis la guerre en tes défaites,
Qu'allais-tu donc faire à Berlin?
Les principes sacrés que tu sais mettre en cause
Plus que tout autre éloquemment,
Te fournissent, hélas! de beaux effets de prose,
Changeant de sens trop fréquemment!
La liberté, le droit, ton soleil de justice
Et nouveau flambeau de ta foi;
Le progrès, le devoir, l'amour, le sacrifice,
Qui sont le code de ta loi;
Autant de mots usés par ta riche faconde,
Et sonnant creux comme un tonneau

Dont un vin généreux a fait sauter la bonde
Pour se perdre au cours du ruisseau.
L'éloquence des faits brave la rhétorique,
Et le droit dans sa majesté,
N'admet point de mot d'ordre : Empire ou République,
Pour contraindre la vérité !
Tu régimbes en vain ! Il n'est point deux justices,
L'une pour ton impunité,
L'autre pour châtier de tes propres caprices,
Le peuple qu'ils ont irrité !
L'Allemagne grandie en dépit des outrages
Offusquait ton ambition :
Tu soufflas la tempête, et Dieu dans ses orages
T'apporte l'expiation !
A genoux ! à genoux pour mieux panser tes plaies !
Plus d'orgueil ni de vain courroux !
Que ton âme discerne à des clartés plus vraies
La raison de tous ces grands coups !
C'est le juste retour du passé de misère
Des tristes générations,
Lorsque d'un pied vainqueur tu parcourais la terre,
Ivre du sang des nations.

Les peuples ont gardé, gravé dans leur mémoire,
L'ineffaçable souvenir
De ce temps qui pour toi fut l'époque de gloire
Que tu voulais voir revenir.
Mais voici le fléau des vengeances célestes
Qui vient traverser en chemin,
Et détruire à jamais tous ces projets funestes
Qui berçaient ton rêve sans fin.
Malheur! Si tu ne peux, même au bord de l'abîme
Qui menace de t'engloutir,
Chercher, — pour mériter le pardon de ton crime, —
Le salut dans le repentir!
Malheur alors, malheur! car l'épreuve commence;
Le vrai châtiment va venir,
Et Paris connaîtra le poids de sa sentence
Au bras chargé de le punir!

X.

Soleil ! témoin de nos misères,
Rien n'arrête tes pas réglés !
Tu vis au début de ces guerres
La précoce moisson des blés ;
Puis au lieu des fraîches semailles,
La moissonneuse des batailles
De sang abreuvant les guérets.
Voici maintenant que l'automne,
Conduit par toi, brille et rayonne
Au front rutilant des forêts.

Les blés sont requis dans les granges :
Il faut du pain aux ennemis !
Pour eux on a fait les vendanges :
Au vainqueur les vins du pays !
Rien non plus ne suspend sa course :
Place ! au fleuve loin de sa source
Par la France creusant son lit ;
La Victoire garde ses rives,
Et la force de ses eaux vives
Brise l'obstacle, ou le franchit.

*

Voyez : l'armée envahissante,
Irrésistible, a vers Paris,
Dirigé sa masse puissante
D'engins et d'hommes aguerris.
Une crise suprême approche.
Qui se sent exempt de reproche
Reste calme dans le danger ;
Mais par la voix de ses poètes,
Paris lance des épithètes
Et commence par outrager.

Puis, comme une veuve éplorée
Qui dans la rigueur de son deuil,
Sacrifie à l'ombre adorée
Ses parures et son orgueil;
Paris la grande capitale,
Sentant que la crise finale
Lui prépare un deuil à son tour,
Lacère et brûle la ceinture
Et la couronne de verdure
De ses riants bois d'alentour!

*

Tout s'aggrave. Hors de l'enceinte
Ce n'est que désolation.
Chacun a, par ordre ou par crainte,
Fui de son habitation.
Mais partout le glaive scintille;
Plus d'abri sûr pour la famille
Dans cette consternation!
Hélas! Où trouver de refuge
Contre la colère du juge,
Quand Dieu juge la nation!

La nature même conspire
Et se charge du châtiment.
Le courage, en son fier délire,
Que peut-il contre un élément?
Voici Décembre et les froidures!
Voici la faim et ses tortures!
L'homme à lutter contre un tel sort,
S'épuise et succombe à la tâche,
Et le vaillant comme le lâche,
N'ont plus d'espoir que dans la mort!

*

La bise, le givre, la neige,
La famine au sein de l'hiver,
Toutes les cruautés d'un siége,
Ont fait de Paris un enfer;
Et la grande cité dolente
S'irrite, combat, se lamente,
Cherchant un cratère au volcan
Qui roule en elle ses furies
Et mêle à ses noires scories
Les sombres desseins de Satan.

Machinant ses projets funèbres.
Il paraît aux sommets des tours
Quand l'épouvante des ténèbres
Succède aux angoisses des jours.
Là son regard perçant la brume.
Comme un fer rouge sur l'enclume
De tous côtés lance des feux.
Et les sinistres étincelles
De ses deux ardentes prunelles
Croisent les bombes dans les cieux !

*

Mais tous ces engins que la guerre
A tiré de ses arsenaux,
Au gré du Méchant ne font guère
Assez de ravages, de maux.
Les torrents de sang qui ruissellent,
Les ruines qui s'amoncellent,
Ne sont un spectacle assez beau;
Et, dans sa superbe hardie,
Il rêve un immense incendie
Qui de Paris fasse un tombeau !

Ombre maudite de Gomorrhe,
L'horreur du sort où tu péris,
Ainsi dans une fausse aurore
Plane fatale sur Paris!
Et lorsque le vrai jour se lève,
Paris qui ne dort ni ne rève,
Paris se redresse indompté!
La faim déchire ses entrailles,
Le fer sème les funérailles:
Rien n'ébranle sa fermeté!

*

Mais quoi que fassent les cohortes
Que le péril pousse aux remparts,
L'ennemi qui garde les portes
Repousse tout de toutes parts.
Ainsi que la nuée ardente
Qui d'un coup luit dans la tourmente
Et mesure l'immensité,
Une milice infatigable
Vole à chaque point vulnérable
Du cercle où se meurt la cité!

Et cependant qu'elle agonise,
Aux mains du vainqueur chaque jour,
Tombe quelque ville conquise
Qu'il traverse au son du tambour.
N'importe en quel point de la France
Que Paris place l'espérance
De la victoire et du salut,
Tout manque à la ville trahie
Qui voit après chaque sortie
L'assiégeant plus proche du but !

*

Comme autant de grands coups de foudre.
Depuis Sedan frappée au cœur,
Elle a vu Strasbourg mis en poudre,
Metz s'abandonnant au vainqueur,
Et, malgré leurs créneaux de pierres,
Toul, Soissons, Montmédy, Mezières,
Verdun, Thionville, Phalzbourg,
Finir, hélas ! dans l'impuissance
La plus héroïque défense,
Se rendre et tomber tour à tour !

N'en pouvant plus, seule, épuisée
De faim, de sang, des maux soufferts,
A bout d'orgueil, désabusée
D'elle, des Dieux, de l'univers,
Vaincue, et toujours indomptable,
Enfin la sublime coupable
Désarme et demande merci !
Mais au son de sa voix farouche
On sent que cette même bouche
Bientôt vous crîra : « me voici ! »

*

Oui, la défense fut sublime !
Paris fut grand ! triste grandeur,
Car on n'efface pas le crime
Avec la vaillance du cœur.
Mais assez ! Paris capitule :
Que ce mot soit le feu qui brûle
Et dissipe le vieux levain....
— « Non la justice est incomplète,
« Nous vengerons cette défaite ! »
Dit la bouche hurlant la faim......

XI.

La guerre maintenant peut contempler ses œuvres.
Elle a rempli sa tâche et fourni son travail.
Sur son front de Méduse où sifflent les couleuvres,
Les larmes et le sang ont fait un riche émail.

C'est là son diadème !... Un rameau de verdure,
Tel qu'un rayon d'amour dans un œil irrité,
D'une grâce soudaine a couvert la parure
Qui prêtait à ce front sa hideuse beauté.

C'était le signe heureux que guettait l'espérance,
La branche d'olivier conjurant le destin !
Les flots qui l'inondaient allaient quitter la France
Et remonter calmés vers les rives du Rhin.

La paix suivrait bientôt l'annonce de la trêve.
Cependant le vainqueur dans Paris est entré :
C'est le dernier affront infligé par le glaive,
A ceux par qui d'abord le glaive fut tiré.

Mais Paris, en voyant une armée étrangère
Venir camper au pied du grand arc triomphal
Où la France a gravé ses hauts faits sur la pierre,
Sentit comme un frisson passer l'esprit du mal.

Le volcan déchaîné va trouver son issue ;
L'émeute ouvre le gouffre au monstre redouté,
Et l'hydre populaire apparaît dans la rue
S'écriant : « c'est à nous qu'appartient la cité !

« Honte sur tous ceux-là qui n'ont pu la défendre!
« Notre règne commence et tout autre est fini;
« La Justice qu'au peuple on a trop fait attendre
« Le fait juge à son tour de son vieil ennemi.

« Si nous fûmes vaincus c'est la faute des traîtres;
« Le traité qui nous livre est un forfait de plus;
« Au peuple émancipé faut-il encor des maîtres?
« Place! place! au banquet dont nous sommes exclus!

« Nous avons longtemps bu la lie au fond du vase;
« Le peuple a fait assez pour goûter la liqueur.
« A lui de tout changer, de faire table rase
« Du monde vermoulu dont il est le vainqueur!

« En haine de la guerre abolir la patrie;
« Affranchir le travail, et fonder la cité
« Libre et vivant pour elle en sa sphère agrandie,
« Mais sentant vivre en elle aussi l'humanité;

- Voilà le but, le seul! où la France nouvelle
- Doit marcher à travers les cendres du passé.
- La plus sanglante aurore est encor la plus belle
- Pour l'homme quittant l'ombre où l'erreur l'a bercé! -

O retours! O douleurs! Paris la ville sainte,
La lumière du monde ainsi qu'il s'appelait,
N'était qu'un réceptacle, une brillante enceinte
Où sous tous les aspects, la honte pullulait.

Ou plutôt deux Paris, l'un beau par le civisme,
Mais coupable et puni pour son aveugle orgueil,
L'autre plus criminel, triste enfant du sophisme,
Frappent la France au cœur et la couvrent de deuil.

*

Quand la voix de l'impie a semé la discorde,
Que la haine a versé ses poisons corrupteurs,
Que la sainte justice et la sainte concorde
Gardent leurs fronts voilés devant les délateurs,

Et quand la conscience obscurcie et troublée
N'a plus la notion du devoir et du droit,
Les mots n'ont plus de sens, et Babel affolée
Croule au signe de Dieu qui la touche du doigt.

Alors la liberté finit dans la licence,
D'un niveau destructeur s'arme l'égalité,
Et les plus noirs forfaits d'une atroce démence
Déshonorent le nom de la fraternité.

C'est l'heure où dans l'effroi d'une sinistre éclipse
Sur les peuples maudits tombe le feu du ciel;
Où les voix du désert et de l'Apocalypse
Demandent au néant la place où fut Babel !

XII.

Sur la ville échappée aux douleurs faméliques,
S'est-il levé le jour des vengeances bibliques?

Les épreuves du sang et celles de la faim
N'ont-elles pas encor désarmé le destin?

Faudra-t-il maintenant que la flamme dévore,
Si coupable qu'il soit, Paris qui saigne encore?

Une torche allumée aux foudres du forum
Doit elle en faire, hélas! un autre Herculanum?

Ne songe plus, ô France! au jour des représailles;
Vois l'assaut de Paris ordonné par Versailles!

Paris rebelle aux lois et rebelle à l'état,
A condamné la France à ce grand attentat!

Sous son canon vengeur périsse la Commune!
Mais ici la victoire est une autre infortune.

La plèbe souveraine et ses vils assesseurs,
Fourbes et scélérats, nouveaux Septembriseurs,

Sur Paris atterré par un excès d'audace,
Comme sur une proie ont pu faire main basse.

Les voilà mis à l'œuvre: hommes civilisés!
Un jour vous a montré tous les crimes passés;

Paris disparaissant sous un flot de souillures,
Où les monstres, portés par les bêtes impures,

S'avançaient et parlaient dans leur perversité,
Comme les précurseurs d'une autre humanité!

L'humanité, qui lit au fond de leur formule,
Rejette avec dégoût l'hydre aux forces d'Hercule.

Lutte désespérée! au bruit constant du glas
Les mères compteront trente heures de combats.

Mais avant de tomber, la Commune expirante
Voudra s'ensevelir sous la ville fumante.

La frénésie alors excitant sa fureur,
Elle fait son bûcher dans une nuit d'horreur.

Les maisons, les palais, les temples sont en flammes:
Des porteuses de feu, Salamandres et femmes,

Rampent par l'incendie, et clandestinement
Courent de seuil en seuil verser l'embrasement.

Il mugit, il s'avance, et la flamme, où tout croule,
Disperse devant elle et chasse au loin la foule.

Sous des verges d'enfer on dirait dans les flots
Tout un peuple éperdu roulant vers le chaos.

La voix de l'innocent et celle du coupable,
Élèvent de concert leur clameur effroyable.

Le crime donne alors ses ordres assassins,
Et la scélératesse accomplit ses desseins.

Le fusil fait son œuvre ainsi que le pétrole,
Et l'ôtage captif tombe au fond de sa geôle.

D'heure en heure s'accroît l'immensité des maux;
La colère de Dieu semble ouvrir les sept sceaux

D'où les fléaux du monde accourent tous ensemble
Sur la ville effarée où tout s'effondre ou tremble.

. . . .

. . . .

Ces appels du clairon, dans leur sinistre éclat,
Sonnent-ils le réveil au sein de Josaphat?

Fédérés, Communeux, la Loi qui vous condamne
Par les soldats du droit fait sonner la diane!

Voici les Versaillais! ils attendaient le jour
Pour commencer l'assaut; le voilà de retour!

Jour d'effroi! jour de deuil! de sang, d'ignominies,
Ah! rentre dans la nuit cacher tant d'infamies!

Mais à peine as-tu pu dégager tes rayons,
Que déjà sur Paris marchent les bataillons.

L'ivresse de la poudre et l'aspect des rebelles
Ont de sang altéré les âmes fraternelles.

La vindicte légale arme les généraux,
Et les soldats feront l'office des bourreaux.

Auprès des morts tombés à chaque barricade,
Tout homme pris vivant passe la fusillade.

Ils restent là couchés sur le pavé glissant,
Où le vengeur s'avance et marche dans le sang.

A travers les quartiers où l'action s'engage,
Ainsi de rue en rue il se fraye un passage;

Et le canon toujours entasse des débris
Sur tous ceux qui déjà déshonorent Paris!

Sur ces exploits affreux le soir prêt à descendre,
Double son voile épais d'un nuage de cendre.

La flamme inextinguible y monte du brasier
Où l'œil croit voir Paris se tordre tout entier.

Les lugubres lueurs menacent le ciel même
Où la lune commence à montrer son front blême,

Et de fauves reflets son disque rougissant,
L'astre semble émerger d'un horizon de sang.

C'est la fin, l'agonie! une anxieuse attente
A la nature même imprime l'épouvante.

Dans la crise finale où l'hydre se débat,
Le suprême danger, c'est le dernier combat.

Le picrate détruit si la torche dévore,
Et Paris embrasé sauterait mieux encore!

Du monstre furieux aux tragiques projets,
Un coup désespéré peut avoir ces effets.

La Cité qui déjà n'est qu'un vaste décombre,
D'une indicible horreur s'emplit dans la nuit sombre.

On crie, on pleure, on court, mais où fuir le péril?
Partout le canon gronde et s'arme le fusil.

La terreur du moment par une autre s'efface,
Et le sang du vainqueur dans ses veines se glace.

Il hésite, il s'arrête, et n'ose avant le jour,
Écraser la Commune en son dernier séjour.

Celle-ci cependant, à son heure dernière,
De Paris essayait de franchir la barrière.

Mais un autre vainqueur s'y tenant embusqué,
La maintînt dans Paris qu'elle avait confisqué :

Car du haut des bastions, observant la querelle
Le Germain, l'arme au bras, y faisait sentinelle!

Il faisait sentinelle, impassible témoin,
Pour dire au flot bourbeux : « Tu n'iras pas plus loin! »

Tu n'iras pas plus loin! ce mot qu'à la frontière,
L'Allemagne avait dit à la France guerrière,

C'est la voix de l'Oracle, après le châtiment,
Renvoyant aux échos son avertissement!

XIII.

Tout était radieux. Comme un torrent de flammes
Le soleil printanier recommençait son cours,
Et la terre et les cieux sentaient s'ouvrir leurs âmes
Aux feux vivifiants des fécondes amours.

La nature étalait, toujours fraîche et riante,
Dans l'herbage et les fleurs de la jeune saison,
L'éternelle splendeur de la beauté vivante,
Que le regard de Dieu contemple à l'horizon.

Mais l'homme n'avait plus cette chère espérance
D'un sort toujours meilleur par la loi du progrès.
Il ne comprenait pas, ce fils de la souffrance,
Que le bien sort des maux dont on gémit de près.

Il avait vu la guerre, et ne voulait voir qu'elle
Dans les pleurs, dans le sang trop longtemps répandus ;
Sans regarder au fond il jugea la querelle,
Et vit ses jugements par les faits confondus.

Un empire s'écroule, un empire s'élève;
Un grand peuple apparaît avec le sceptre en main;
Un grand destin commence, un grand destin s'achève;
L'humanité toujours se retrouve en chemin !

Mais plus d'un la conduit vers la terre promise;
Chaque groupe choisit son guide et son pasteur;
Si quelque grande race à l'ombre reste assise,
Une autre la devance à la tête du chœur !

L'orgueil suscite alors les conflits de la guerre,
Mais l'ordre se refait par la bonté de Dieu;
L'humanité reprend sa marche sur la terre,
Et suit par les déserts la colonne de feu.

Et la route toujours s'ouvre plus spacieuse;
Elle monte, descend, puis reprend son niveau.
La flamme a disparu?... pauvre âme soucieuse,
Regarde et vois plus loin renaître le flambeau!

Tu disais, en voyant lutter deux peuples frères:
« Où donc est le progrès et la fraternité? »
Et tu ne songeais pas au sein de ces misères,
Que le frère chez soi veut vivre en liberté.

Et tandis que le bruit retentissant des armes,
La sinistre clameur s'élevant des combats
Couvraient tous les échos, et que les yeux en larmes
Cherchaient l'ange sauveur et ne le trouvaient pas;

Au monde entier caché, par la mine et la pioche,
Le Progrès traversait les Alpes en vainqueur,
Perforant le granit, faisant sauter la roche,
Et découvrant ainsi la route au remorqueur!

Homme sois tout espoir! femme sois toute grâce!
L'avenir, toujours beau, rit encore à l'enfant,
Car l'esprit va toujours élargissant l'espace
Où le monde en progrès s'avance triomphant!

Oui! les peuples encor dans leur concert immense,
Peuvent lancer aux vents le cri de l'avenir,
Et les sages chanter : « gloire au temps qui commence!
Humanité, salut! ton règne va venir! »

Quand l'homme à sa parole assujétit la foudre
Qui la porte docile à tous les continents,
Qu'il dompte la vapeur plus forte que la poudre,
Et qu'il commande en maître à tous les éléments,

Le feu, la terre et l'eau, les vents, le temps, l'espace —
N'étant que des moyens faits pour sa volonté,
Rien ne peut faire obstacle à ce vainqueur qui passe,
Et que l'esprit de Dieu mène à la liberté!

www.ingramcontent.com/pod-product-compliance
Ingram Content Group UK Ltd.
Pitfield, Milton Keynes, MK11 3LW, UK
UKHW020310220726
13923UKWH00003B/1064